KB197217

저학년을 위한

동요
동시집

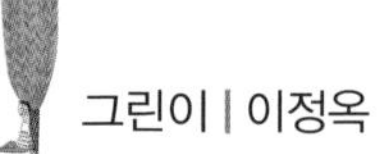

그린이 | 이정옥

대학에서 일러스트레이션을 전공했으며, 현재 프리랜스 일러스트레이터로 활동 중입니다.
그린 책으로는《눈의 여왕》《신데렐라》《개미와 베짱이》《바람이 준 선물》등이 있습니다.

저학년을 위한

동요 동시집

개정판 1쇄 발행 · 2008년 2월 25일
개정판 9쇄 발행 · 2025년 1월 15일

엮은이 · 한국아동문학학회 **그린이** · 이정옥
편 집 · 박민희 **디자인** · 남주희
펴낸이 · 김표연 **펴낸곳** · (주)상서각

등 록 · 2015년 6월 10일 (제25100-2015-000051호)
주 소 · 경기도 고양시 일산동구 성현로 513번길 34
전 화 · (02) 387-1330
F A X · (02) 356-8828
이메일 · sang53535@naver.com

ISBN 978-89-7431-523-8(73810)

저학년을 위한

동요 동시집

엮음 | 한국아동문학학회

편집위원 | 이재철 · 이영준 · 신현득 · 제해만

상서각

머리말

이 책에 실린 시인들은 우리 나라에서 가장 훌륭한 동요 동시인들이며, 이들의 작품 또한 우리 나라 동요 동시의 대표작으로서 한국 동요 동시 문학의 수준과 위상을 그대로 보여 주고 있습니다.

다시 말하면 이 ≪저학년을 위한 동요 동시집≫은 우리 동요 동시 문학의 얼굴이라고 해도 과언이 아닙니다.

요즈음의 문화적 상황을 볼 때, 우리의 어린이들이 아름다운 동요 동시와 만날 기회가 점점 줄어들고 있는 것이 사실입니다.

입시 위주의 그릇된 교육 풍토와 외래 문화의 무분별한 유입은 어린이들이 우리말의 아름다움과 우리 자연의 호흡을 느끼고 상상력을 키워 나갈 기회를 빼앗고 있습니다.

도시의 아파트 숲 속에 갇혀 컴퓨터 게임과 일본 만화 영화에 정서가 멍들어 있는 우리의 어린이들은 진정한 의미에서의 동심을 잃어버린 어린이들이라고 해도 과언이 아닙니다.

그들에게 잃어버린 맑은 동심을 찾아

주기 위해 아름다운 우리말로 수놓은 동요 동시를 널리 읽히도록 하는 것은 무척 중요한 일이 될 것이라고 여겨집니다.

또한 우리 어린이들의 독서 성향을 볼 때, 만화는 말할 것도 없으려니와 교육적 · 문학적 의미가 없는 명랑 소년 소설이 범람하고 있는 형편입니다.

모국어의 호흡과 정서가 가득 배인 문학성 높은 동요 동시는 어린이들의 흥미로부터 멀어지기 쉽습니다. 하지만 훌륭한 동요 동시를 읽는 일은 어린이들 마음의 밭을 기름지게 하는 데 필수적인 것입니다.

다시 한 번 훌륭한 작품을 보내 준 동요 동시인들에게 감사하며, 이 책이 우리 나라 동요 동시 문학을 한 단계 발전시키는 계기가 되기를 진심으로 바랍니다.

이재철

차례

제1부
비야 비야 오너라

제2부
콩새야 팥새야

제3부

과일 가족

제4부
해를 파는 가게

제1부

비야 비야 오너라

쉿! —

가만히 귀 기울여 보세요.

"송알송알송알…… 투루룩 툭툭……."

아하, 바로 물방울 아기들이

속삭이는 소리였어요.

이처럼 제1부는 물방울, 메아리,

달빛, 봄비 같은 자연 현상을

노래한 시들입니다.

봄 편지

서덕출

연못가에 새로 핀
버들잎을 따서요,

우표 한 장 붙여서
강남으로 보내면,

작년에 간 제비가
푸른 편지 보고요,

조선 봄이 그리워
다시 찾아옵니다.

바 다

윤부현

바다는 하늘과 경주하다가 지쳤는지
하늘 끝에 가서 한잠 자고
모래밭 돌아와서는
우우우 우우우
대회 나갔다 이기고 돌아온 선수이듯
두 손 번쩍 치켜들고 점프를 한다.

반 달

윤극영

푸른 하늘 은하수 하얀 쪽배엔
계수나무 한 나무 토끼 한 마리,
돛대도 아니 달고 삿대도 없이
가기도 잘도 간다, 서쪽 나라로.

은하수를 건너서 구름 나라로,
구름 나라 지나선 어디로 가나,
멀리서 반짝반짝 비추이는 건
샛별 등대란다, 길을 찾아라.

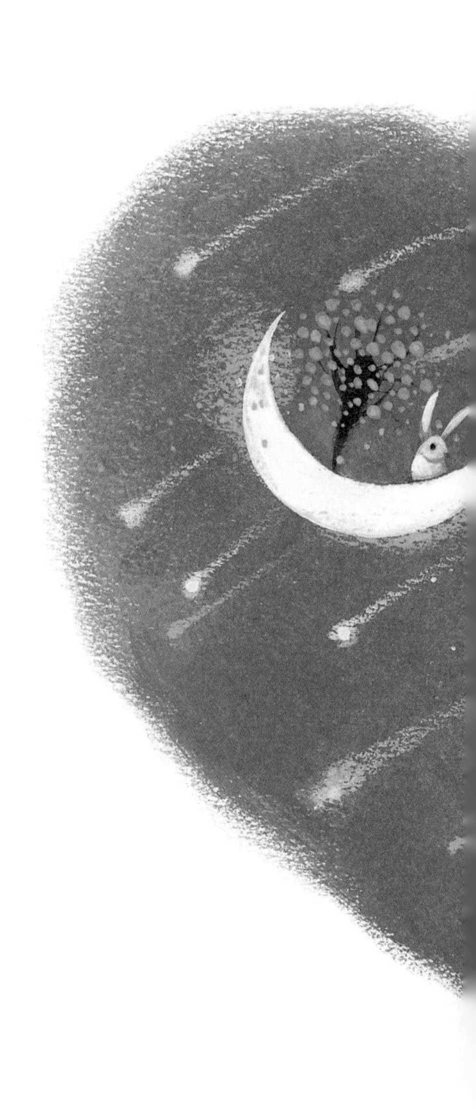

봄맞이 가자

김태오

동무들아, 오너라. 봄맞이 가자.
너도나도 바구니 옆에 끼고서
달래 냉이 씀바귀 나물 캐 보자.
종다리도 높이 떠 노래 부르네.

동무들아, 오너라. 봄맞이 가자.
시냇가에 앉아서 다리도 쉬고,
버들피리 만들어 불면서 가자.
꾀꼬리도 산에서 노래 부르네.

이슬 하나

문삼석

이슬은
밝음
한
알.

이슬은
맑음
한
알.

이슬 둘

문삼석

밝음을
토해 내는
맑은
눈.

맑음을
토해 내는
밝은
눈.

이슬 셋

문삼석

그 눈
앞에선
어둠도
스러지고.

그 눈
앞에선
숨결도
가라앉고.

바 다

위영남

바다는
커다란
푸른 꿈 이불.

갯벌에 꽃게들이
바다를 물어 올려
덮고 자고,

모래펄에 꽃조개들도
바다를 덮고
꿈꾸고.

조용히 밀려오는
꿈 물결에
해님이 꿈을 수놓고

달님이 꿈을 수놓고
우리들의 꿈도
함께 키우는,

바다는
꿈으로 가득 찬
푸른 꿈 이불.

구슬비

권오순

송알송알 싸리잎에 은구슬,
조롱조롱 거미줄에 옥구슬,
대롱대롱 풀잎마다 총총,
방긋 웃는 꽃잎마다 송송송.

고이고이 오색실에 꿰어서
달빛 새는 창문가에 두라고
포슬포슬 구슬비는 종일
예쁜 구슬 맺히면서 솔솔솔.

물 속

김정일

해님은 물 속에 들어가도
물이 묻지 않아요.
고렇게도 밝은 얼굴인데
물 속에 들어간다고
물이 묻겠어요.

바람은 물 속에 앉아도
옷이 젖지 않아요.
고렇게도 고운 옷인데
물 속에 앉는다고
옷이 젖겠어요.

달님은 물 속에 있어도
몸을 씻지 않아요.
고렇게도 맑은 몸매인데
물 속에 있는다고
몸을 씻겠어요.

초가집 낙숫물

이희철

사르륵
사알짝
물방울 아기들,

초가집
지붕 위에 모여 와서
미끄럼 탄다.

퍼르륵
퍼얼쩍
물방울 아기들,

초가집
추녀 끝에 모여 서서
뜀질을 한다.

투루룩
투욱툭
물방울 아기들,

댓돌 밑에
모여 앉아
옹달샘 판다.

눈 길

이동식

흰 눈 속에서
이야기가 나온다.

동무들과 종알종알
뛰어가면은

뽀드뽀드뽀드.
사북사북사북.

먼 나라 이야기,
하늘 나라 이야기.

옴폭옴폭 들어간
발자국 속에

눈들의 이야기가
소복 담겼다.

산의 말씀

박돈목

산의 말씀은
작년에도 올해도
똑같은 말씀.

솔바람 소리도
산의 말씀.

바위 밑에 쫄쫄
흐르는 개울물 소리도
산의 말씀.

붉게 타는 진달래도
산의 말씀.

산의 말씀은
작년에도 올해도
똑같은 말씀.

달 빛

김한룡

날 잊지 못해
오늘 밤도 찾아오셨네,
먼 길 멀다 않고.

영창에
하얀 등불 밝혀 들고
날 지켜보시네.
자애로운 눈동자
다사로운 숨결 소리
부드러운 그 손길
포근히 포근히 감싸안아 주시네,
화안한 미소로.

눈 감으면
은연하게 들려 오는
아, 그 옛날 어머니 목소리.

이 슬

윤석중

이슬이
밤마다 내려와
풀밭에서 자고 가지요.

이슬이
오늘도 해가 안 떠
늦잠이 들었지요.

이슬이 깰까 봐
바람은 조심조심 불고
새들은 소리 없이 날지요.

메아리

조규영

앞뒷산
너머 어디
초가집에
살을 텐데.

메아린
시골뜨기,
겁이 참말
많은가 봐.

부르면
대답만 하고
나올 줄을
모르니!

봄

김영수

봄비
지나간 뒤

새순이
눈을 떴다.

병아리
두어 마리
뿅뿅뿅 놀다 간 뒤

텃밭의
아욱 싹이
쏘옥
돋아났다.

첫눈 아침에

도리천

숲 속에 눈이 와요, 첫눈이 와요.
첫눈 길 내가 먼저 걷고 싶어요.
새 아침 숲 속 길에 달려가 보니
산토끼 발자국이 찍혀 있어요.

집 앞에 눈이 와요, 첫눈이 와요.
첫눈 길 내가 먼저 걷고 싶어요.
새 아침 집 앞 길에 뛰어가 보니
바둑이 발자국이 찍혀 있어요.

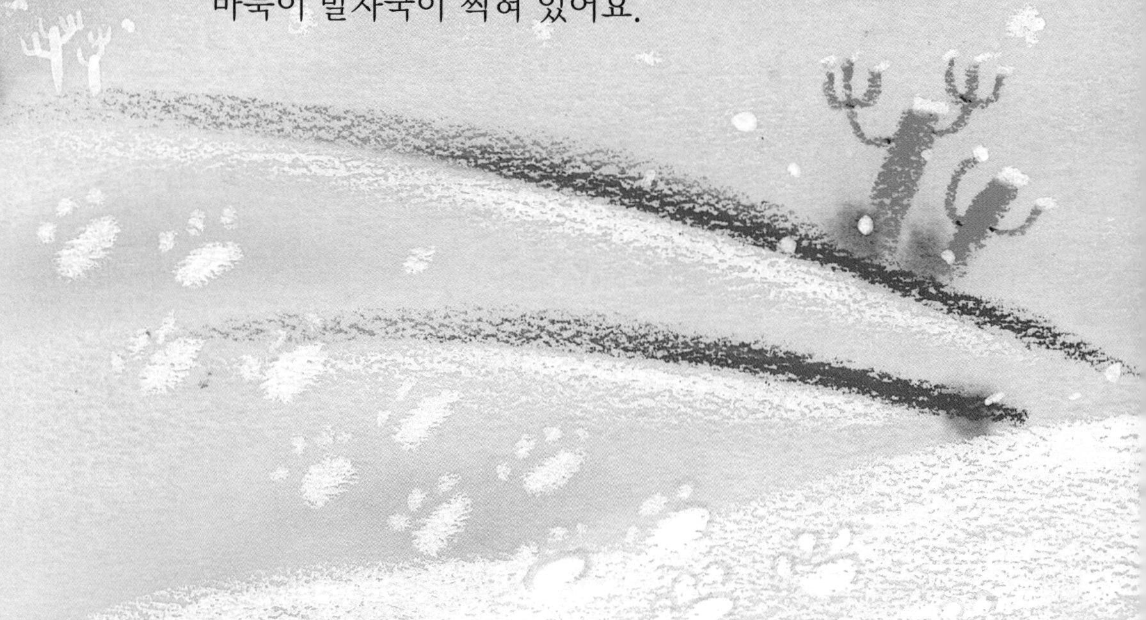

봄 비

김동억

밤새
봄비가
연초록 물감을 뿌렸다.

양지쪽이 좋아
앞산 비탈에
더 뿌리고,

시냇물이 좋다고
방죽에
더 뿌렸다.

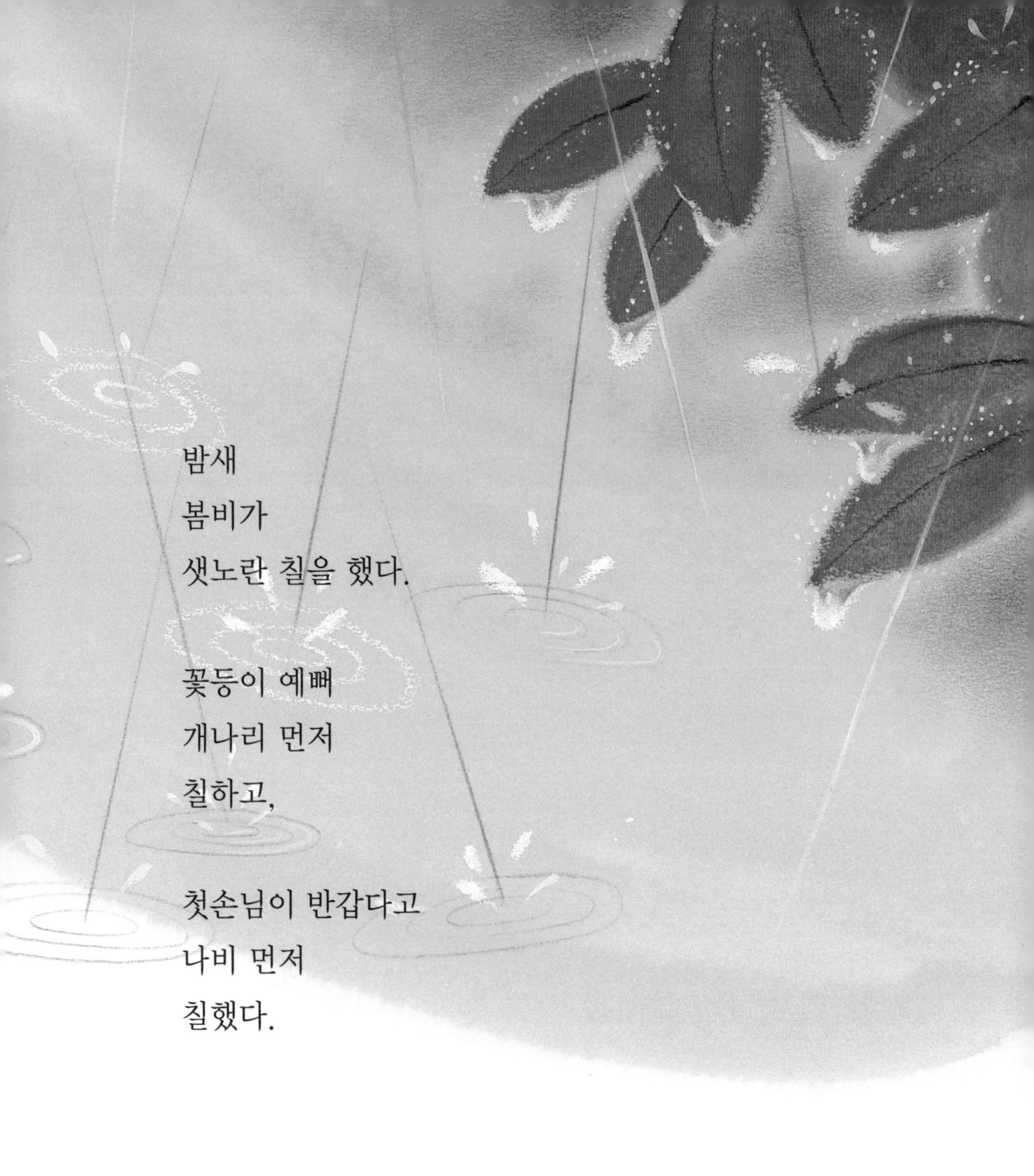

밤새
봄비가
샛노란 칠을 했다.

꽃등이 예뻐
개나리 먼저
칠하고,

첫손님이 반갑다고
나비 먼저
칠했다.

눈 온 아침

최동일

조용하다,
조용해.

짹짹이던 까치들도
둥우리에 들고,

꽁꽁 얼었다,
동구 앞 재잘대던
시냇물도.

서로들 잘났다고
뽐내련다고
오늘 아침 모두모두
덮어 버렸지.

영이네
파아란 지붕도
민이네
까아만 굴뚝도

똑같구나,
똑같애.
모두 하얀색…….

비야 비야 오너라

김태오

비야, 비야, 오너라.
참새 동네에 불났다.

비야, 비야, 오너라.
참새 지붕에 불났다.

제2부

콩새야 팥새야

제2부를 이루는 글감은

나무, 꽃, 새 같은 생물들입니다.

작은 꽃씨 하나라도 그냥 물끄러미

바라보는 것이 아니라 마음 속까지

끌어들여 생명의 신비함을

노래합니다.

연 꽃

염광옥

연못은 연잎으로
흐르는 뭉게구름.
구름이 부러워서
연잎은 연못 위에
연잎 구름 띄우죠.

연못은 연꽃으로
구름 사이 방긋 웃는
해님이 부러워서
연꽃은 잎 사이로
둥근 꽃을 피우죠.

배 꽃

박영규

따사로운 햇살에
피어났다가

달님하고 놀까?
별 아기와 놀까?

시원한 배를 열랴
눈빛을 하고

담가에 바람 가려
활짝 핀 꽃.

달밤에 흐르는
흰구름도 맑다.

물새알 산새알

박목월

물새는
물새라서 바닷가 바위 틈에
알을 낳는다.
보얗게 하얀
물새알.

산새는
산새라서 잎 수풀 둥지 안에
알을 낳는다.
알락달락 얼룩진
산새알.

물새알은
간간하고 짭조롬한
미역 냄새,
바람 냄새.

산새알은
달콤하고 향긋한
풀꽃 냄새,
이슬 냄새.

물새알은
물새알이라서
날갯죽지 하얀
물새가 된다.

산새알은
산새알이라서
머리꼭지에 빨간 댕기를 드린
산새가 된다.

산울림

윤동주

까치가 울었다,
산울림.
아무도 못 들은
산울림.

까치가 들었다,
산울림.
저 혼자 들었다,
산울림.

콩새야 팥새야

김태오

콩새야, 팥새야,
무엇 먹고 사느냐.
콩밭에서 먹자쿵,
팥밭에서 먹자쿵,
구구구 구구구
그렁저렁 살지야.

콩새야, 팥새야,
무엇 먹고 사느냐.
콩을 물고 콩콩콩,
팥을 물고 팥팥팥,
구구구 구구구
요롱조롱 살지야.

눈·꽃·새

모기윤

하얀 눈 하얀 눈
어째서 하얗노?
마음성 맑으니 하얗지.

빨간 꽃 빨간 꽃
어째서 빨갛노?
마음성 예쁘니 빨갛지.

파랑새 파랑새

어째서 파랗노?

파란 콩 먹어서 파랗지.

토끼 발자국

김관식

눈 덮인
산마을,

숲에서 마을 쪽으로
마을에서 숲 쪽으로

오솔길 밟고 간
토끼 발자국.

간밤
돌이가 잠든 사이

눈처럼
마음이 하얀
토끼 한 마리

숲 속 이야기
들려 주려고
돌이 집에 왔다가

주소만 적어 놓고
돌아갔네요.

미루나무 친구들

홍윤기

강둑 위에 줄지은 미루나무들
언제나 의좋은 형제들 같다.

제일 키 큰 것은 맏형이고
가장 키 작은 것이 막내동생일까?

아니지, 먼저 심은 게 큰형이고
나중 심은 건 동생들일 거야.

생일이 빠르다고 한 반 친구들끼리
형이다 아우다 부르지는 않지?

그러면 강둑 위의 미루나무들도
우리처럼 정다운 한 반 친구들.

꽃 모종

권태응

비가 촉촉 오네요,
꽃 모종을 합시다.

삿갓 쓰고 아기들
집집마다 다녀요.

장독 옆에, 뜰 앞에
알록달록 각색 꽃.

곱게 곱게 피면은
온 집안이 환해요.

아기토끼

박목월

토끼 귀 소록소록
잠이 들고서

엄마토끼 소오록
잠이 들고서

아기토끼 꼬오박
잠이 들지요.

사 과

윤부현

사과 한 입 베물었다.
지르르 단물이 혓속 번져 들었다.
꿀이나 사탕 맛은 문제 안 된다.

바람 맛은 새큼하고,
햇볕 맛은 사탕이고,
서리 맛은 두세 가지 합쳐진
꿀사탕 사르르 녹아나는 맛인데

그 속에 또 하나의
저녁 노을 버무린 맛
그러한 맛인데,

사각사각 입 안에서
가을 하늘을 진하게 엮어 올리고 있다.

감자꽃

권태응

자주 꽃 핀 건
자주 감자.
파 보나마나
자주 감자.

하얀 꽃 핀 건
하얀 감자.
파 보나마나
하얀 감자.

누가 혼자래

최향숙

나비야,
어디 가니?

앞서거니
뒤서거니

—누가
혼자래?

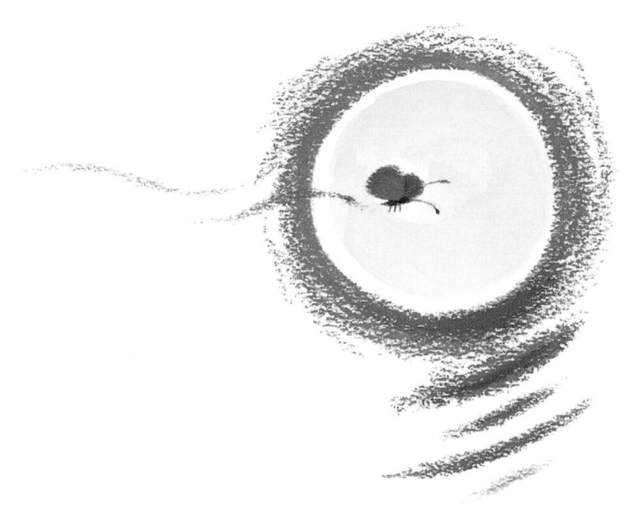

꽃잎에도
같이 앉고

한 방울
이슬까지

나눠,
냠냠.

달밤에도
나풀나풀

—누가
혼자래?

단풍잎 행진

정혜진

가을 햇살 접어 보낸
초대장 받고
설레인 마음 담아
옷 갈아입은 단풍잎.

찬 서리 내려보낸
차표 받아들고
앞다투어 우수수
뛰어내린 단풍잎.

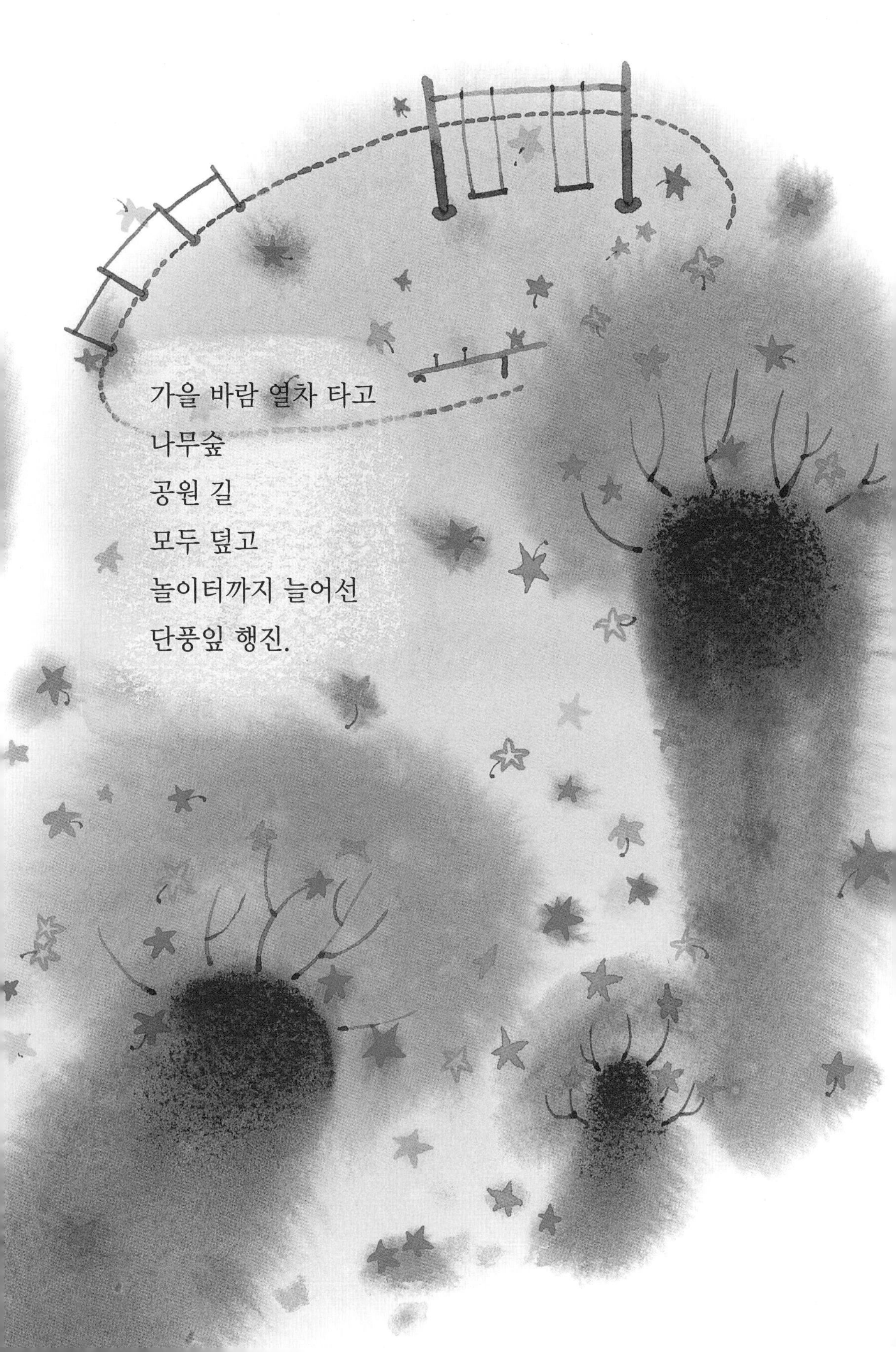

가을 바람 열차 타고
나무숲
공원 길
모두 덮고
놀이터까지 늘어선
단풍잎 행진.

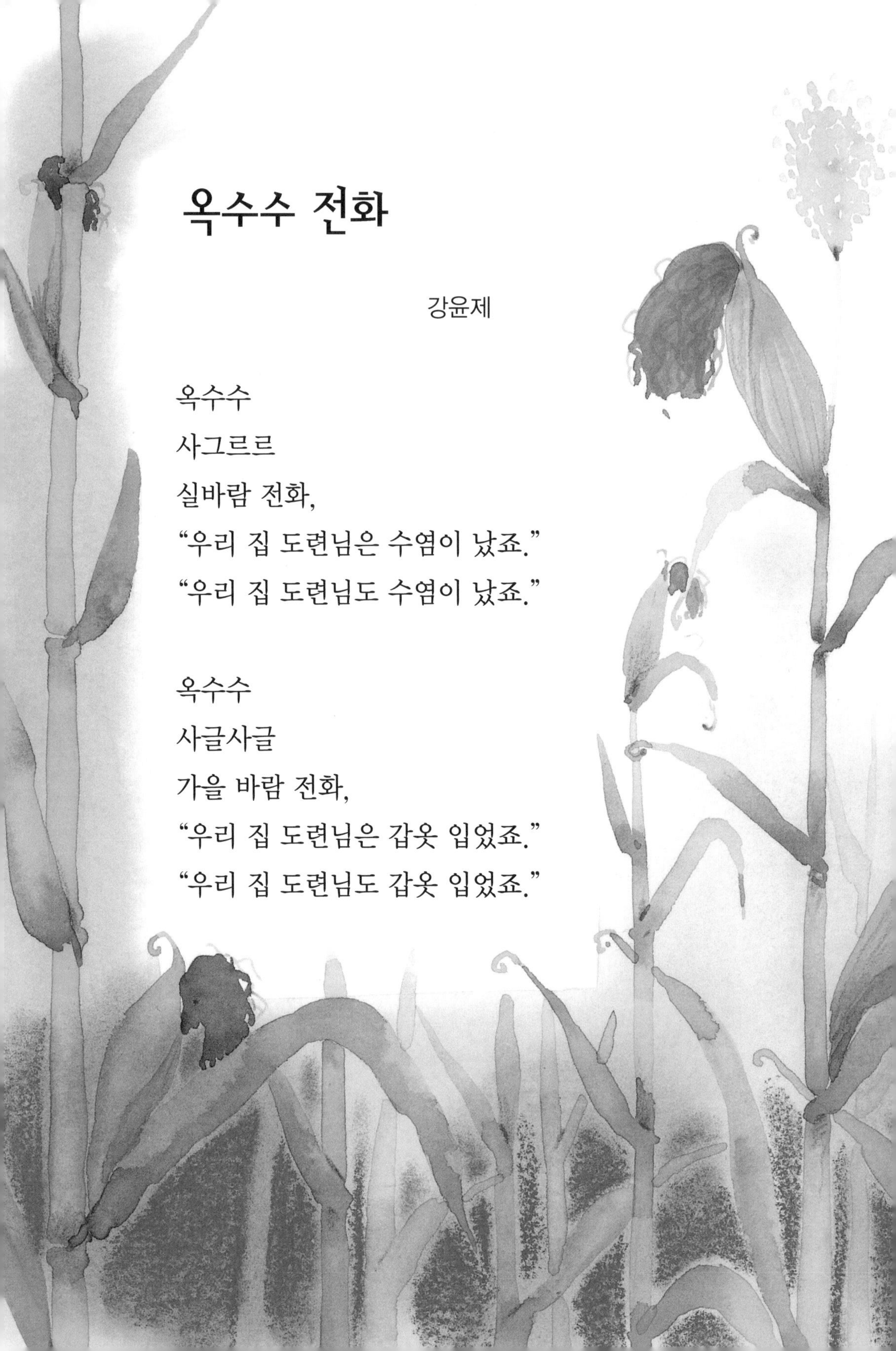

옥수수 전화

강윤제

옥수수
사그르르
실바람 전화,
“우리 집 도련님은 수염이 났죠.”
“우리 집 도련님도 수염이 났죠.”

옥수수
사글사글
가을 바람 전화,
“우리 집 도련님은 갑옷 입었죠.”
“우리 집 도련님도 갑옷 입었죠.”

사그르르

사글사글

하모니카 불라고.

귀뚜라미

김구연

따르르따르르……
비켜나세요.
별님 달님
비켜나세요.

캄캄한
밤중에
귀뚜라미가
자전거를 탑니다.

대청봉에서

김구연

설악산 꼭대기 대청봉에서
개미 한 마리를 만났습니다.

몇 년 며칠을 걸려서
올라왔는지

설악산 꼭대기 대청봉에서
개미 한 마리를 만났습니다.

달팽이

김동극

달팽이는
달팽이는

집을 지고 다니는
달팽이는

집 볼 사람 필요 없네.
자물쇠도 필요 없네.

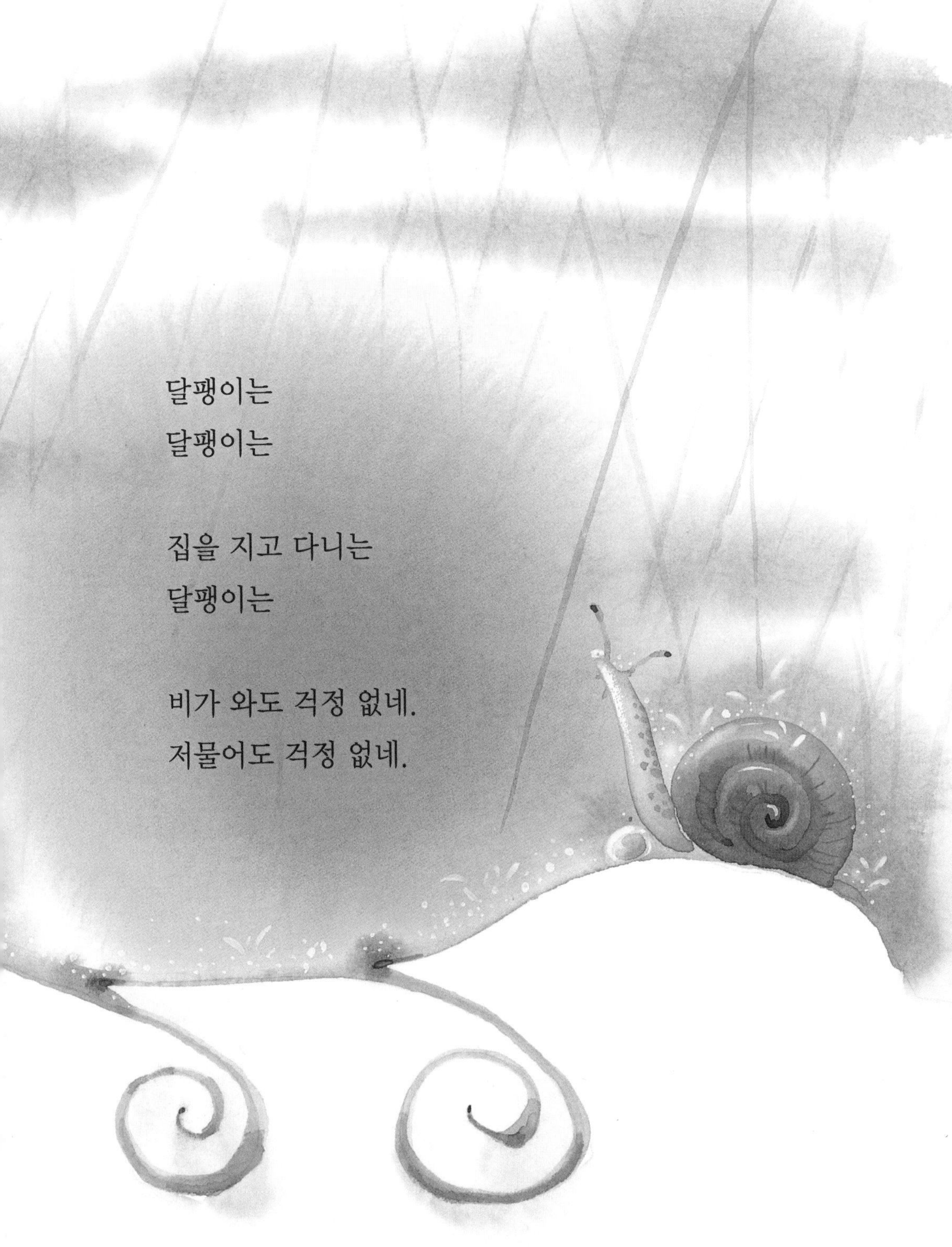

달팽이는
달팽이는

집을 지고 다니는
달팽이는

비가 와도 걱정 없네.
저물어도 걱정 없네.

물새알

선용

바위 틈에
덤불 속을

알록달록
물새알.

동그란
바다

물결도
춤추겠지.

그
바다 위에

물씬물씬
나겠지,

노을 진
바다 냄새도.

아! 그리고
또 있겠지.

끼룩끼룩
물새 소리.

우리 포구
뱃고동도!

노란 강아지

엄한정

노란 강아지가
아가 등에 업혀
달랑달랑
학교로 갑니다.

인사를 할 때면
란도셀에 그려진
노란 강아지도
얌전히 절을 합니다.

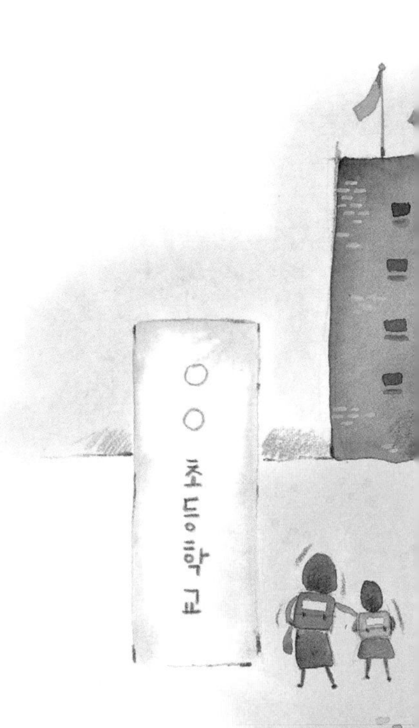

○○초등학교

꽃 앞에서

김녹촌

산수 문제 못 푼다고
선생님께
호된 꾸중 듣고,

훌쩍훌쩍
무거운 마음으로
변소 가던 길,

식은 꽃밭 옆을 지나다가 문득
활짝 웃고 있는
꽃과 마주쳤다.

생글거리는 백일홍,
피튜니아, 봉숭아꽃 들을
무심코 바라보다가,

날개를 접었다 폈다
단 꿀을 빨고 있는
호랑나비한테 반해서
한참을 혼이 빠져 있다가,

선생님의 무서운 얼굴도
야속한 꾸중도
그만 깡그리 잊어버렸다.

나비 날개에 실어
담 너머로
푸른 하늘로
훨훨훨 날려 보내 버렸다.

언제나 스스로
마음이 넉넉해서
언제나 혼자서 흐뭇이 웃고 있는
인자스런 꽃 앞에서,

깊은 땅 속으로부터 샘솟는
티없이 맑은
평화스런 웃음 앞에서
웃음 앞에서…….

버들개지

김동억

1

겨울 햇살이
놀다 간 자리에
버들개지 피었다.

흰 눈을
살라 먹고
하얗게 피었다.

2

봄바람이
놀다 간 자리에
버들개지 피었다.

아지랑이
짜 모아
몽실몽실 피었다.

3

들새들이
놀다 간 자리에
버들개지 피었다.

깃털을
주워 모아
폭신폭신 피었다.

4

아이들이
놀다 간 자리에
버들개지 피었다.

고운 꿈
엮어 모아
조롱조롱 피었다.

분이네 살구나무

정완영

동네서 제일 작은 집
분이네 오막살이.

동네서 제일 큰 나무
분이네 살구나무.

밤사이
활짝 펴 올라
대궐보다 덩그렇다.

제3부

과일 가족

엄마 냄새가 나는 선생님의 옷,

멀리서 꽃씨를 보내 주신 아빠,

내 친구 미라 이야기…….

제3부에서는 따사로운 정이 넘치는

우리 이웃들의 사랑이 느껴집니다.

과일 가족

배소현

—훈아 입은?
—애앵두.

—엄마 입은?
—샤알구.

—아빠 입은?
—포오도.

뽀뽀하면 앵두 먹고,
뽀뽀하면 살구 먹고,
뽀뽀하면 포도 먹고,

새콤달콤 새콤달콤

과일 가족

세 식구.

선생님

송진석

선생님 옷에서는
엄마 냄새가 납니다.

옷깃에 분필가루
털어 드리면
하얗게 웃으십니다.

교실 꽉 찬
선생님의 향기
피어나는 웃음.

즐거움만으로
가득 찬 무지개 교실.

맑고 푸른
저 하늘은
선생님의 고향
나의 고향입니다.

꿈나라

윤일광

1
아가는 엄마 품에,
인형은 아가 품에,

서로서로 안기어
잠이 듭니다.

엄마는 꿈 속에서
아가와 놀고,

아가는 꿈 속에서
인형과 놀고.

2

인형은 훨훨
날고 싶어하고요,

아가는 아장아장
걷고 싶대요.

아가 품은 인형의
무지개 하늘.

엄마 품은 아가의
꽃길 신작로.

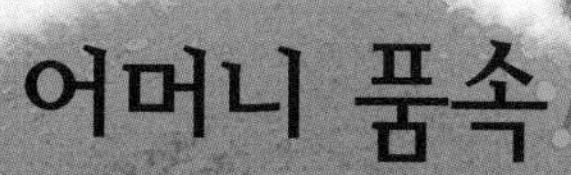

어머니 품속

이화이

어머니 품속은
동화의 나라.

하이얀 꿈
아롱아롱 피는
봄 들녘
아지랑이
보오얀 새털처럼
포근한 품속.

언제나 사랑으로
감싸 주는
어머니 품속은
아기자기
동화의 나라.

아가 입은 앵두

서정숙

아가 입은
앵두.

엄마가
똑,
한 개 따먹어도
그대로 있고.

아빠가
똑,
한 개 따먹어도
그대로 있고.

아빠 생각

송명호

일선 계신 아빠께서 보내준 꽃씨,
아침마다 인사하며 가꾸었더니
가을에는 꽃밭 가득 피었습니다.
꽃 이름은 무엇인지 알지 못해도
아빠 얼굴 보는 듯이 즐거웠지요.

일선 계신 아빠께서 보내준 엽서,
추석날엔 오신다고 손꼽았더니
아빠 대신 꽃만 가득 피었습니다.
꽃 이름은 무엇인지 알지 못해도
아빠 얼굴 보고 싶어 꽃밭에 섰죠.

우리 식구 모-두

박영규

밥 먹다가
투정하고
쫓겨난 오빠를

할머니가 찾아 나서려면
아버지가
“버릇 떼게 두세요.”

언니가 찾아 나서려면
엄마가
“가만두어라.”

노을도 식어 가는 빈 뜰을
나직이
"오빠야!"
찾아다니는데,

감나무 위에서
"히히히."

살며시 방으로
숨겨서 들어오니
우리 식구 모—두
하하하, 호호호.

소요산

박병엽

오늘 둘이
소요산 가기로 했는데
그 애, 기다려도 안 나와.
전화 걸자니
아프다는 것.
이왕 아플 거면
좀 미리 아프지.

오늘 같이
소요산 가기로 했는데
분이, 기다려도 안 나와.
전화 걸자니
아프다는 것.
이왕 아플 바엔
좀 이따 아프지.

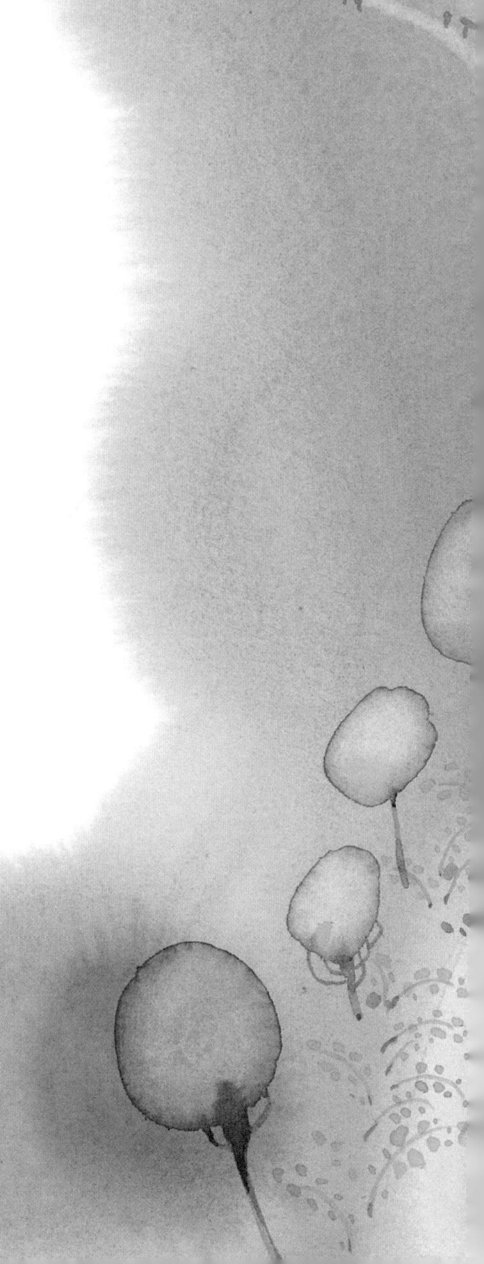

아침 밥상

정혜진

엄마는 아침 일찍부터
크레파스 물감 대신
반찬거리와 양념으로
밥상 위에다
그림을 그려요.

구수한 음식 맛 속에
엄마 마음 채워 가며
멋진 요리 솜씨로
가족들이 좋아하는
그림을 그려요.

엄마는 오늘 아침에도
행주치마 두르고
활기차게 쏟아지는
수돗물 받아
손맛 살려
그림을 그려요.

입학식날

홍윤기

입학식날 아침에
이름표 가슴에 단
1학년 동생들이
새봄을 몰고 왔다.

예쁜 봄날이 떼지어
교정으로 걸어 들어왔다.
엄마들도 우르르
뒤에 따라 들어왔다.

우리 엄마는
어디 있지?
아차, 나는 인제
2학년인걸.

아기를 보면서

박종현

아기의 눈을
가만히 들여다보면
아기의 눈은 옹달샘입니다.

그래서 아기의 눈 속에서는
하늘이 떠 있고
구름이 흘러갑니다.

아기의 가슴에
가만히 귀 기울이면
아기의 가슴은 들판입니다.

그래서 아기의 가슴에서는
항상 들꽃이 피고
풀잎이 속삭입니다.

너네 가게

박병엽

얘, 미라. 너네
꽃 가게 하면
얼마나 좋아.
꽃 산다고 가게.
그래도, 많이 안 사.
그래야, 자주 가지.

얘, 미라. 너네
책 가게 하면
작히나 좋아.
책 사느라 가게.
그래도, 쬐끔씩 사.
그래야, 자주 가지.

미라꽃집
미라서점

새 벽

이춘희

쉬가 마려워
새벽 잠이 깼지요.

조용조용 조용히
문을 열었어요.

어?
이게 무슨 소릴까?

새근새근
우리 아가
고운 숨소리.

쿨쿨 쿠울쿨
우리 오빠
힘찬 숨소리.

우리 엄마 숨소리
들리지 않아
살금살금 엄마 곁에
기어갔더니
엄마는 사알짝 깨어

나를 꼭 안네.
따뜻하고 포근한 우리 엄마 품
"쉬 다 봤니?"

설

윤극영

까치 까치 설날은 어저께고요,
우리 우리 설날은 오늘이래요.
곱고 고운 댕기도 내가 드리고,
새로 사온 신발도 내가 신어요.

우리 언니 저고리 노랑 저고리,
우리 동생 저고리 색동 저고리.
아버지와 어머니 호사 내시고
우리들의 절 받기 좋아하세요.

우리 집 뒤뜰에는 널을 놓고서
상 들이고 잣 까고 호두 까면서
언니하고 정답게 널을 뛰고
나는 나는 좋아요, 참말 좋아요.

무서웠던 아버지 순해지시고,
우리 우리 내 동생 울지 않아요.
이집 저집 윷놀이 널뛰는 소리,
나는 나는 설날이 참말 좋아요.

생일 선물

박종해

아빠가 주신 생일 선물은 동화책.
임금님, 왕자님에 신기한 요술 나라.
내 마음은 부풀어 하늘 문 열고
파아란 꿈밭으로 달려갑니다.

엄마가 주신 생일 선물은 크레파스.
가고픈 바다 궁전, 무지개 일곱 나라.
내 마음은 아롱다롱 오색 빛깔로
새벽 풀잎 이슬처럼 맺혀 있어요.

먼 길

윤석중

아기가 잠드는 걸
보고 가려고
아빠는 머리맡에
앉아 계시고,
아빠가 가시는 걸
보고 자려고
아기는 말똥말똥
잠을 안 자고.

아기 손

최진기

양털보다 보드라운
아기 손 안에
무엇이 들어 있나.

엄마도 모르는
햇빛이 한 오금
큰 어둠 쓸어 내고
골목길도 밝혀 줄
햇빛이 한 오금.

포동포동 살이 찐
아기 손 안에
아빠도 알 수 없는
힘이 한 오금.

앞산도 밀어 내고
강물도 끌어 내어
논밭을 갈고 닦을
힘이 한 오금.

조그맣고 예쁜
아기 손 안에
애틋한 슬기가 한 오금.

귓속말

정원석

속닥속닥
아기가 속삭입니다.

"아빠, 아빠,
뒷집 순이 새 옷 샀는데
새 옷 입고 아빠랑 놀이를 간대!"

속닥속닥
아빠가 속삭입니다.

"그래그래,
다음에 새 옷 사 줄게,
새 옷 입고 엄마랑 놀이 가 보자!"

속닥속닥
아기가 속삭입니다.

간질간질 귓속말
비밀 이야기,
온 집안 휑하니 다 들립니다.

걸음마

정춘자

용타—
용타—
할머니 웃으시며 손뼉을 치셔요.

첫돌 지난 내 동생
신바람 나서

겁나는 마음을
속으로 감추고

한 발짝 옮겨 놓고
두 발짝 옮기다가

엉덩방아 쿵! 하고
주저앉아 웁니다.

두 눈에 눈물이
마르지도 않아서

다시금 일어서서
걸음마합니다.

지지지 지지지

김기현

뭐가 뭐가 지지지.
흙장난하는 아기 보고
고모가 하는 소리지.

뭐가 뭐가 지지지.
추석날 엄마가
빈대떡 뒤집는 소리지.

또 뭐가 지지지.

공부할 때

남포 심지 타는 소리지.

넉 점 반

윤석중

아기가 아기가
가겟집에 가서,
"영감님, 영감님,
엄마가 시방
몇 시냐구요."
"넉 점 반이다."
"넉 점 반,
넉 점 반."
아기는 오다가 물 먹는 닭
한참 서서 구경하고,

"넉 점 반,
넉 점 반."
아기는 오다가 개미 거동
한참 서서 구경하고,
"넉 점 반,
넉 점 반."

시골 편지

윤갑철

전철을 타고
하루를 시작하는
서울 친구에게
민들레 꽃씨를 보낸다.

'아파트' 에서 살고
'아스팔트' 위만 걷는
서울 친구에게
뻐꾸기 노래를 띄운다.

흙 냄새 잊지 말라고
싱그러운 풀내음으로
또—박또박
쓴 편지…….

오늘도
느티나무 그늘에서
서울 친구에게
시원한 시골을 보낸다.

아가 손

신현득

아가 손
작은 손.
대추 하나
놓아 주면
손에 가득.

밤 한 개
놓아 줘도
손에 가득.

사과는
너무 커서
못 쥐는 손.

온 식구,
예쁘다고
만져 주는 손.

할머니

남진원

재미있는 꿈을 꾸면
깨어나고 싶지 않던데…….
머리가 하얀 우리 할머니
오늘은 굉장한 잠꾸러기가 되었지.
집안 식구들이 모두 할머니 잠 때문에
울면서 아우성이어도
할머니는 재미있는 꿈을 꾸나 봐.
엄마와 아빠가 할머니 앞에서 울어도
그 소리를 못 들은 체한다.
할머니,
나처럼 개구쟁이구나.
그만 자고 누운 떠—.
눈 떠 봐, 할머니.

걸음마 걸음마

이응창

섰다,
섰다.

훈이가 섰다,
혼자 섰다.

아래위로
팔을 흔들며

송아지마냥
웃어 댄다.

어머,
어머,

온 식구가
손뼉을 친다.

온 집안에
웃음이 퍼진다.

어머,
어머.

종이배

김삼진

돌다리에 앉아서
종이배를 띄운다.

까닥까닥 동동동
꽃잎 실은 종이배.

지금은 어디만큼
떠 가고 있는지.

멀리 떠나간 내 친구
생각이 난다.

도랑물은 졸졸졸,
종이배가 동동동.

희망의 꿈 싣고서
둥실 떠 간 종이배.

물가에 혼자 앉아
지난날 생각하면,

소꿉동무 고운 얼굴
그리워진다.

아가야

주성호

고 쬐끄만
손.
고 쬐끄만
발.

고 쬐끄만
귀.
고 쬐끄만
코.

까르륵 웃는,
고 쬐끄만
눈.
고 쬐끄만
입.

아무리 작아도
있을 것 다 있는,

아가야,
우리 아가야.

누가 누가 잠자나

목일신

넓고 넓은 밤 하늘엔
누가 누가 잠자나?
하늘 나라 아기별이
깜박깜박 잠자지.

깊고 깊은 숲 속에선
누가 누가 잠자나?
산새 들새 모여 앉아
꼬박꼬박 잠자지.

포근포근 엄마 품엔
누가 누가 잠자나?
우리 아기 예쁜 아기
쌔근쌔근 잠자지.

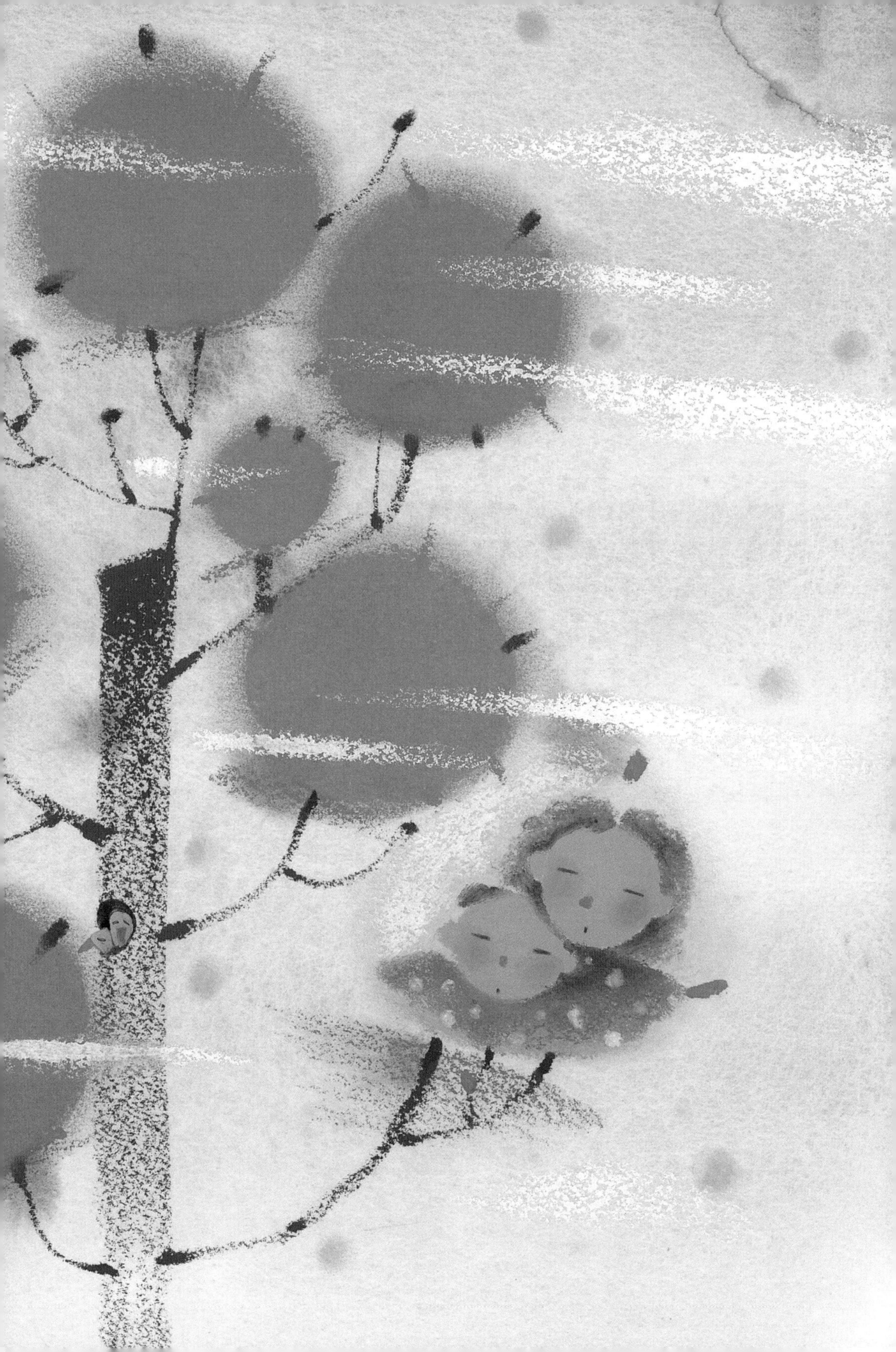

해를 파는 가게

제4부

해를 파는 가게

다듬이 소리, 땅뺏기,

여우 고개, 비눗방울 등

쉽게 넘길 수 있는 평범한

것들을 글감으로 해서

우리들의 마음밭을 갈아

꿈과 희망을 불어넣어 주는

시들입니다.

착한 나무

홍윤기

가로수 나무는 줄을 잘 서서
착한 나무.
학교 가는 큰길 따라
나란히 서 있는
착한 나무들.

우리들도 줄을 잘 서서
착한 어린이.
조회 시간 운동장에
나란히 줄 서는
우리 모두는 착한 나무들이다.

심심한 대낮

강승한

비둘기 비둘기 산비둘기.
꾹꾹꾹 꾹꾹꾹 흰비둘기.

산에서 밥 먹고 한나절 운다,
심심한 대낮에 꾹꾹꾹 운다.

언니는 산 넘어 오백 리 가고,
돈 벌러 서울로 오백 리 가고.

누나는 고개 넘어 샘터에 가고,
때때옷 빨래하던 샘터에 가고.

숲에서 밥 먹는 산비둘기만
꾹꾹꾹 대낮에 심심해 운다.

여름 방학

김환식

텅 빈 교실에
저 혼자 피는 나팔꽃.

하도 심심하여
근희, 도연, 경희와
바깥 세상이 보고 싶어
새끼줄 타고 올라가
유리창 밖을 넘어다봅니다.

매미 소리 쨍한
빈 운동장에도
잠자리 한 마리
맴돌다 갑니다.

창을 닦으며

김동섭

창을
닦는다.

창으로 보이는
바깥 풍경도 닦는다.

창을
닦으면

구름 한 점 띄운
하늘도 닦이고,

먼산 한 자락도 와서
닦인다.

건너편 슬레이트 지붕 위
비둘기 한 쌍

그 마알간
비둘기의 눈동자도 닦인다.

창을
닦으면

아,
창처럼 맑아지는
내 마음이 보인다.

까치집

정용원

미루나무 꼭대기
반쯤 지은 까치집.
아빠까치는 서까래 구하러 가고
엄마까치는 솜털 담요 사러 간 사이,

“주추와 기둥은 튼튼한가?”
바람은 한바탕 흔들어 보고,
“아기까치 태어나면 둥지 안은 포근한가?”
봄 햇살은 뱅그르르
둥지 안을 돌아 본다.

동그라미

서정슬

동그라미 동그랗게
그려 볼까요?
동그라미 동그라미
끝이 없어요.

만약에
동그란 길이 있다면
자꾸자꾸 걸어가도
끝이 없겠죠.

모두가
동그랗게 사랑한다면
자꾸자꾸 사랑해도
끝이 없겠죠.

끝인가 했더니
처음이구요,
끝인가 했더니
시작이래요.

동그라미 동그라미
끝이 없어요.

작은 기도

엄한정

해 하나가
지구를 전부 비추듯
하나님은
눈 하나로도
온 세상을 다 들여다본다.

내 마음 들여다보고
작은 기도를 들어준다.

가만가만 말해도
다 들어준다.

또랑물

권태응

고추밭에 갈 적에
건너는 또랑물.

찰방찰방 맨발로
건너는 또랑물.

목화밭에 갈 때도
건너는 또랑물.

찰방찰방 고기 새끼
붙잡는 또랑물.

운동회날

정광수

오늘은 우리 학교
가을 운동회.

100미터 릴레이 총 소리
땅땅…….
만국기가 휘날리며
꼭두각시, 강강수월래,
부채춤, 화관무,
차전놀이.

아빠도 엄마도
영차영차 줄다리기,
나는 100미터엔 또 2등.

옆집 아저씨는 술이 취해
나무 밑에서 잔다.
하늘엔 구름이
한 조각 떠 있다.

다섯 손가락

김신철

하나 둘 셋 넷
다섯 손가락.
한 가족
사이좋게
한 몸이래요.

엄지는 뚱뚱이,
날씬이는 다음.
가운데 키다리에,
다음은 약손.
마지막 꼬마는
새끼손가락.

합심하면 니것 내것
일 잘 하고,
혹시나 하나라도
다치게 되면
모두모두 가슴아픈
다섯 손가락.

이야기 길

박목월

어깨동무 내 동무 이야기 길로 가자.
동무 동무 씨 동무 이야기 길로 가자.
옛날 옛날 옛적에 간날 간날 간 적에
아기자기 재미나는 이야기 길로 가자.

어깨동무 내 동무 꽃밭 길로 가자.
동무 동무 씨 동무 꽃밭 길로 가자.
옛날 옛날 옛적에 간날 간날 간 적에
아롱다롱 재미나는 꽃밭 길로 가자.

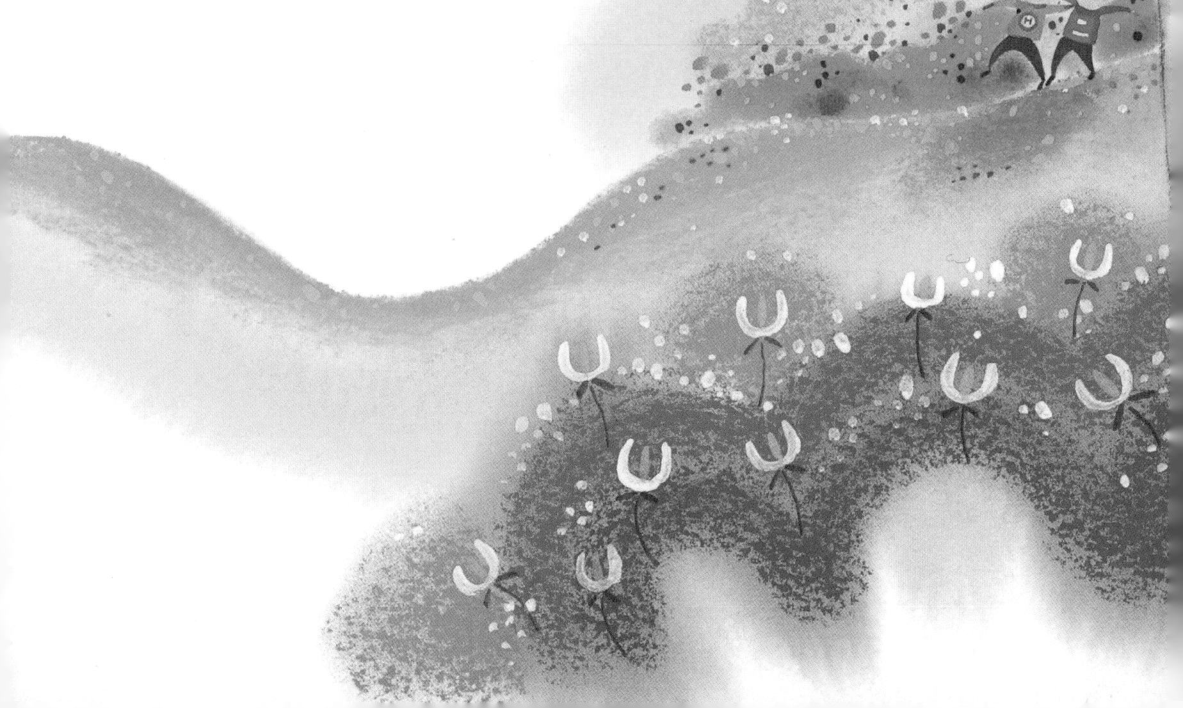

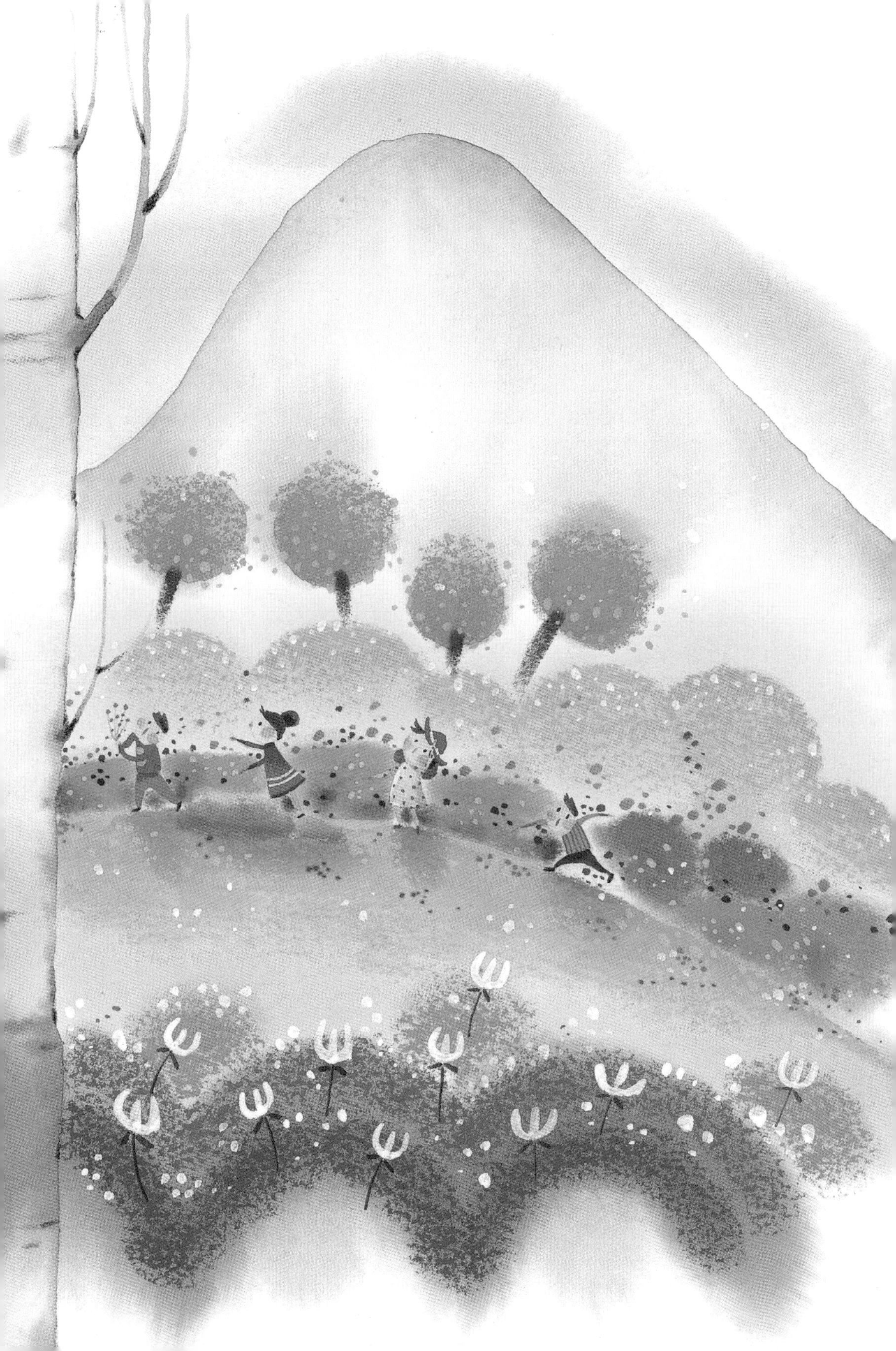

해를 파는 가게

이연승

거울 가게에는
거울 수만큼
하늘이 있습니다.

날마다
하늘을 파랗게 닦아 놓고
해를 팝니다.

손님들은
하늘 속에 비친
얼굴을 보고

해가 담긴
거울을
사 가지고 갑니다.

해를 파는 가게

징검다리

이석장

개울물 오선지에
그려진
하나, 둘, 셋, 넷…….
온음표들.

잠자리가 앉아서
무슨 음표일까
고개만 갸웃하다
그냥 가고

앞산 소나무들이
들어 보란 듯
몸까지 흔들며
솔솔솔솔.

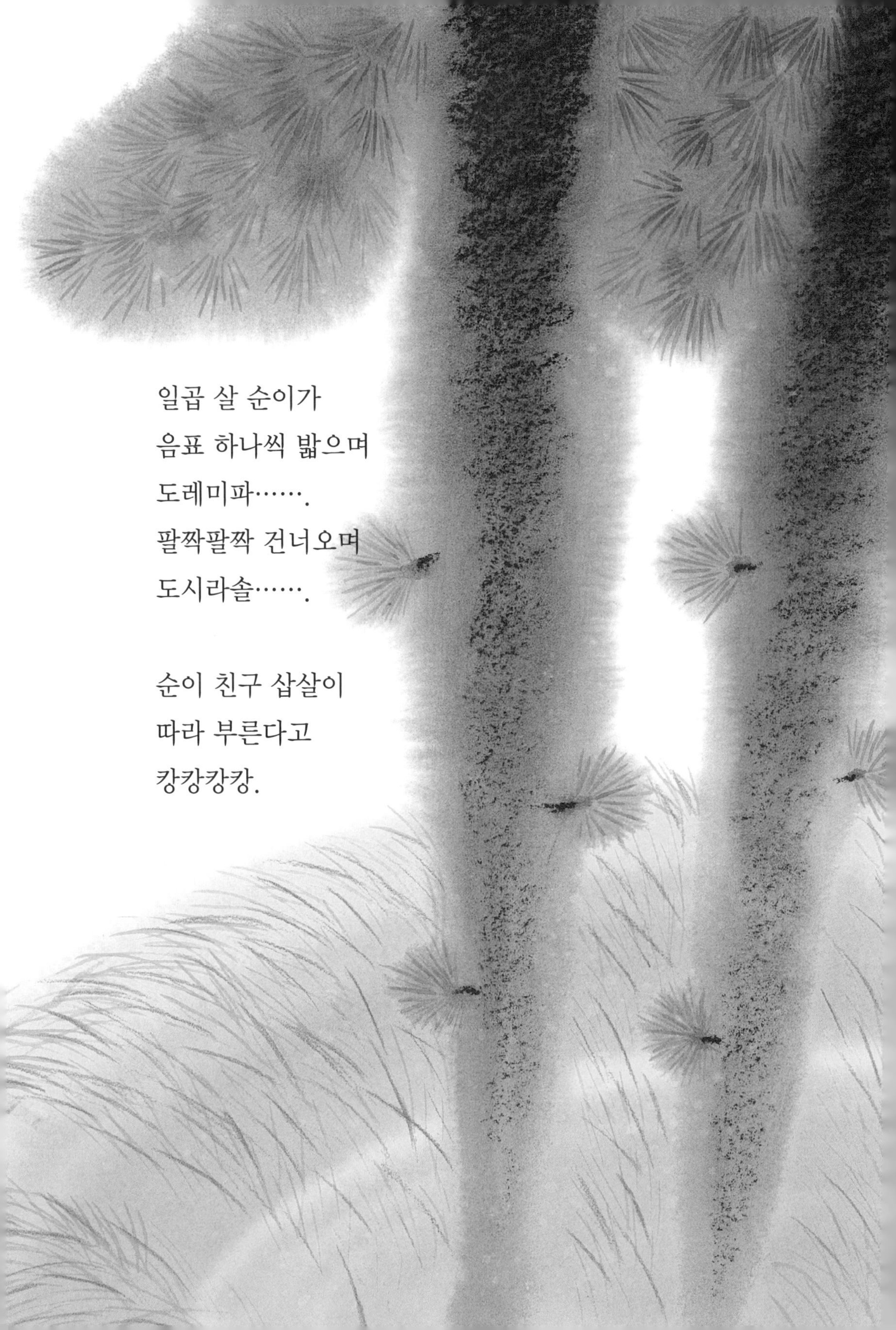

일곱 살 순이가
음표 하나씩 밟으며
도레미파…….
팔짝팔짝 건너오며
도시라솔…….

순이 친구 삽살이
따라 부른다고
캉캉캉캉.

다듬이 소리

송명호

창 밖에 사락사락
눈 내리는 밤
밤늦도록 머얼리서
다듬이 소리.

어느 집 아기의
돌잔치하려고
엄마는 밤새워
꼬까옷 지으시나.

또닥 토도닥……
또닥 토도닥…….

창 밖에 소복소복
눈 내리는 밤
밤늦도록 머얼리서
다듬이 소리.

어느 집 누나가
시집 가려고
할머니는 밤새워
각시옷 지으시나.

또닥 토도닥…….
또닥 토도닥…….

산골 학교

정완영

달아 논
태극기 보고
아침 해가 인사하고

마을 길
마을 길들이
서로 만나 인사하고

산새알
물새알 같은
아이들이 모입니다.

잔솔밭
비둘기처럼
종 소리가 날아가고

여울물
고기 떼처럼
풍금 소리 흘러가고

푸른 산
메아리 같은
아이들이 뛰놉니다.

땅뺏기

김동극

바둑돌을 퉁기는
땅뺏기.

사금파리로 그은
국경선.

먹었다
먹혔다
가쁜 숨결.

한 치 땅을 두고
으렁대던 싸움도,

썩썩 뭉개고
툭툭 털고 일어서면

파아란 하늘로
트이는 숨결.

아!
그까짓
종이 위에 그은
가느다란 금 하나.

아가의 나무

박종현

아가의 뜨락에
심어 놓은 나무 한 그루.

밤마다
달빛에 젖어서
하얗게 젖어서
아침마다
새로 솟아납니다.

아가의 언덕에
홀로 서 있는 나무 한 그루.

밤마다
별빛이 내려서
하얗게 내려서
아침마다
새 빛이 납니다.

아가의 동산에
나부끼는 나무 한 그루.

밤마다
새들이 날아와서
노래를 불러서
아침마다
이슬이 열립니다.

여우 고개

이준관

고개 넘자,
여우 고개.

여우 넘던
여우 고개.

재주 한 번
넘으면

호로롱
꽃이 피고,

재주 두 번
넘으면

꾀꼬롱
꾀꼬리 울고.

여우 고개
고개 넘어

재주 넘으면
봄이 온다.

비눗방울

목일신

비눗방울 날아라,
바람 타고 동, 동, 동.
구름까지 올라라,
둥실둥실 두둥실.

비눗방울 날아라,
지붕 위에 동, 동, 동.
하늘까지 올라라,
둥실둥실 두둥실.

체조를 하다가

김정일

허리를 굽히면
햇살도 힘줄이
쬐끔 당겨 오고.

몸통을 젖히면
바람도 등이
약간 꼬부라지고.

고개를 돌리면
하늘도 비잉
한 바퀴 돌고.

호주머니엔

박종해

호주머니엔,
머리를 맞대고 소근대는
손때 묻은 구슬의
파아란 웃음이 있다.

호주머니엔,
시골서 갓 전학 온 친구가 준
종이로 접어 만든 딱지 두 장이
구수한 흙내음을 가득 풍기고,

호주머니엔,
길에서 주운 돋보기알 하나
외출하신 할머니를 기다리고 있었다.